人って、
みな最初は
石ころだもの

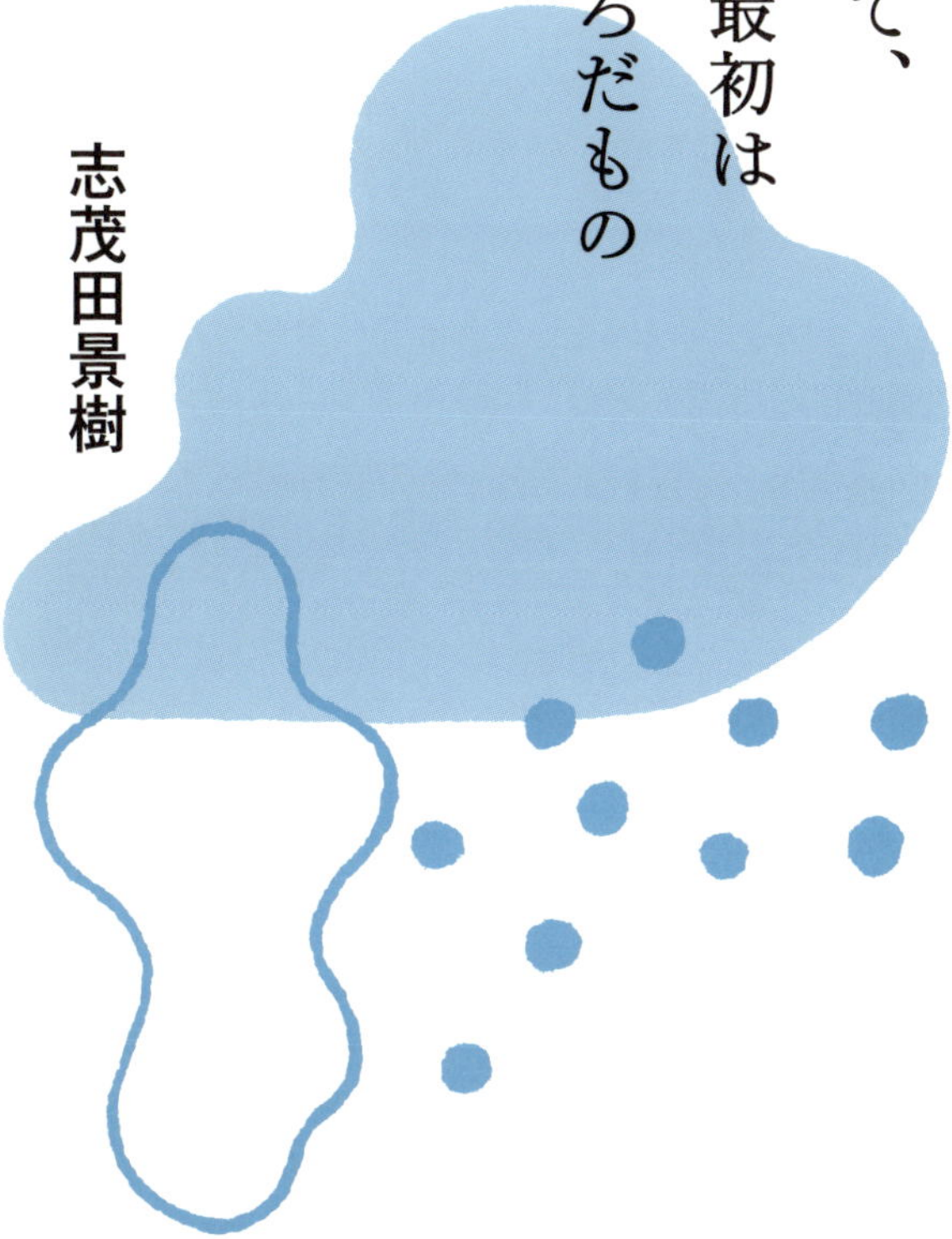

志茂田景樹

ポプラ社

Coca-Cola

豆源
創業
慶応元年
レジ1
節電中

ぶつかって、磨いて。輝くために世の中はあるんだよ。

もくじ

1章　人生

2章　日々

3章　恋と愛

4章　はたらく

5章　思いやる

6章　自分

7章　世の中

＊本書は二〇一〇年四月〜二〇一二年七月末までに、
著者がTwitterアカウント（@kagekineko）上に発表したコメントと、
フォロワーから著者に寄せられたコメントを抜粋し、編纂したものです。
――（棒線ダーシ）ではじまるテキストは、フォロワーからの質問です。

＊テキストは原則として発表時のものを用いましたが、
適宜、漢字にふりがなを加えるなど表記を改めました。
尚、フォロワーからの質問文は匿名で掲載いたしました。

1章 人生

自分の人生を考えるときにね、
どこかで自分を見てくれている人がいる
と信じるだけで
ちゃんと生きようという意欲が湧いてくる。
どこかに自分を必要としている人がいる
と信じるだけで行動力が盛んになる。
この二つを素直に信じていけば
人生は必ず価値高きものになるよ。

芝居と違ってね、
その人の人生ではその人は脇役じゃないの。
自分の道では常に
主役として歩いて初めて自分の人生になる。
傍目から見ていつも脇役のようでいても、
それはどう生きるかの価値観の問題で、
けして脇役じゃない。
脇役を貫くという自分の道を
ゆるぎなく主役として歩いているんだから。

例えば三十歳の人が自分の過去を振り返り、
無為に過ごしたあの三年間がなければ
今はもっとよかった、と悔やんだとする。
でも、その三年間は必ず今に生きているし、
今後の力になっていく。
鳴かず飛ばずの時期があったほうが
充実した人生を築ける。
人はそういう時期に
知らず心の仕込みをやるものなの。

過去に一度だけ戻れるとしたら
恋の真っ最中のときじゃなく、
寝ても覚めても
生きることに懐疑的になっていたときだと思う。
そうか、このとき真剣に悩んだから
悔いること多き道だったけどここまでこれたんだ、
と自分を褒めてやりたいの。
そうして戻ってね、
だから大丈夫だよ、と若い友に話したいの。

人生にこっちが成功の道で、
あっちが失敗の道だ
という分岐点はないと思うよ。
同じ道に成功の種も、失敗の種も転がっている。
見分けるには失敗の種を拾って
痛い目を見た体験が必要かな。
種を見つけず、成功と失敗の分かれ道はまだか
なんて歩いていると、
自力の貴さを知らないままに終わるよ。

岐路に立たされたとき、
どっちの道が実りは多そうだとか、
楽しそうだとかで判断しないほうがいい。
それまで歩いてきた道と
どっちが馴染むかで決める。
すると、つながりがよくて、
それまでの道で得たものが
新しい道での礎《いしずえ》になってくれる。
実が結ぶのはそれからなの。

——運命ってなんですか？
なにを信じたらいいのか分かりません。

思い通りにいかないことや、
不幸をそのせいにするのに必要で、
そうでないときはなかなか浮かばない言葉です。
いいときも運命のせいにしてあげましょうか。

運が悪いと嘆く人は
誰でも打てる球を待っている打者に似ている。
世間はそんな球を放ってくるほど甘くはない。
放ってくるのは打ちづらい球で、
それを見送っていては永久に運は摑《つか》めない。
打って初めて運不運が分かれる。
運があればヒットになり、
なければアウトになるだけのことである。

クヨクヨして家に閉じ籠《こも》ってるそうじゃないか。
千年経ったらみんないないよね。
みんな命を休めてる。
ほんのつかの間、この世に姿を見せただけなの。
クヨクヨだけでも時は過ぎるけどね、
ウキウキも入れてみようよ。
ちょっと気分を換えて少し努めりゃいいんだから。

一回こっきりの人生だから
これ一本でいくと賭けたことに挫折したのか、
なるほど。
でも、人生は一回でもその道程は長いじゃないか。
挫折はね、靴を一足履き潰しただけなの。
一足だけですまそうなんて人生が怒るよ。
さあ、新しい靴を履いてまた目指そうよ。
それが生きるということなんだ。

回転寿司なら待っていればまた回ってくるよ。
でも、人生における出会いはね、
また回ってくることはないんだ。
誰の人生だって
果てのない帯のような時間の流れに乗って
一瞬の存在だろ。
そこでの出会いがどんなに貴くて
大切にすべきものかは痛いほど解るよね。

何かを切り開いていく人生も、
その人のあとに従う人生も、
それぞれの生き方なんだ。
どっちがよくてどっちが悪いということはない。
でも、従う人には
先を切り開いていく人がもし倒れたら
代わって切り開いていく覚悟がほしい。
つまり、人は何をやるにしても
思わぬ場面での覚悟がいるということなの。

人生の歩みはゆっくりでいいの。
どうせ急流のように急いでも
とうとうと流れる大河に呑み込まれる。
その大河で時間をかけて
何を得てどんな役割を果たしていくかが
それぞれの人生だもの。
急いじゃ駄目なんだって。

2章

日々

朝、ラッシュの駅の階段を登るとね、
みな、足取りがしっかりしている。
それぞれちゃんと目的があって
たゆみなく足を踏み出しているもの。
これが生きていることなんだと思う。
人はなぜ生まれどこへ行くのか、
なんて考えるより、
今、生きているということを実感するほうが
はるかに価値がある。

今日という日はね、
ぼんやりとしていても過ぎていくし、
何かを熱中してやっていてもちゃんと過ぎていく。
はっきりしていることは、明日になって
その違いがびっくりするほど明らかになる
ということなんだ。
今日は毎日やってくるけど
同じ今日は二度とやってこないんだよ。

なるべく朝のうち、
昨日、やっても無駄だと思い、
手をつけなかったことを振り返ってみよう。
やっても無駄だったのではなく、
やろうと試みなかっただけだということがわかる。
また、一日経って状況が変わり、
今日だったらできることもある。
振り返らなければ
無益のまま忘れてしまうことは意外に多い。

齢《とし》を取らない方法はないから、
若いうちが華かもしれない。
でも、精神の若さを保つ方法はある。
それは明日、
新しく始めることがあるかどうかなんだ。
若いうちにね、
明日、自分が始めることは何か、
を考える習慣をつけると、
いくつになってもみずみずしい自分でいられるよ。

——景樹さんの生き甲斐とはなんですか？

自分を感動させてくれる人、事柄と、
一人でも多く一つでも多く出会いたいという欲求です。

——死、とはなんでしょう？

肉体が滅びるまであった意識はどこに行くのか、魂が安らぐ世界はあるのかなどを宿題として抱え、ひとまずこの世に別れを告げることです。

そうだよ、生きるって疲れて当たり前なの。
きつい体験を積んでいるんだもの、
疲れなかったらおかしい。
そうして蓄積された体験が
工夫と知恵を生むようになって
充実した人生を送れるようになる。
今、生きるのに疲れなかったら、
自分を誤魔化《ごまか》しているってことだからね。

自分が生きる意味はね、
解ろうと思ったら難しい。
その前に自分が今やってる仕事を好きになって、
日々生まれる課題をちゃんとこなし、
そのことに喜びを感じてごらんよ。
自分が生きる意味なんて考えさえしなくなる。
いつのまにか解ってきて、
それを自分や、他人に問う意味がなくなるんだもの。

いつも元気でなくっていいからね。
人間、しょぼんとしているときがないと
持たないんだよ。
そのときに、人から元気を出せよと言われたら、
有難うとだけ言っといて。
それを言われた数が多いほど
元気が出たときのエネルギーは凄いんだから。

心が乾いていたら潤《うるお》さないといけないが、
水や、アルコールじゃ潤すことはできないよ。
自然に触れて、名もない雑草の一つにも命があるんだ
と感じとることで、心は潤ってくる。
そのとき、自分の命を意識できるからで、
大切に生きるとはそういうことなの。

008

三日坊主を恥じることはない。
何かを発心し短期間でも継続できたのだから、
それだけのものを得ている。
これからの人生のどこかでそれは役に立ち、
新たに学ぼうとすることの基礎になる。
また、その繰り返しの中で
ライフワークに巡り合うことさえある。
三日坊主は意欲盛んな証拠である。

酒を飲んでて、
まだ少し飲み足りないところで切り上げる。
しばし後ろ髪を引かれる思いが起こるけど、
その後に満ち足りた気持ちになって、
余裕ってこれなんだと納得する。
人生も仕事も目一杯励んじゃうと
余裕も生まれずギスギスすると思うの。
少し足りなくても
そこを埋めてくれるものを大切にしたいよね。

幸せになるために生きている、
という考えもむろんいいよ。
でも、僕は
自分が生きたという
確かな証《あかし》を刻むために生きている、
と考えたいな。
生きたという証は
幸不幸を超えていると思うんだ。

3章

恋と愛

女心も男心もそんなもん解らなくていいんだよ。
好きになった人の心だけ解ればいいの。
本当に好きになるとね、それがよく解る。
だから、恋愛なんだ。

——好きってなんでしょうか？

恋になる前に始まり、
恋が成就しても続き、
恋が終わる前に消える感情です。

恋をすると、なぜときめくのか。
簡単に言えば不安の裏返しなの。
相手がそばにいるだけでときめくけど、
いないと、今どうしているんだろう、
他の人と会っているんじゃないか、
などと不安になる。
愛が全幅の信頼を置ける状態だとしたら、
恋は半信半疑。
だから、切なく楽しいの。

若いうちはね、
誰だって自分のことがよく解らないもんだよ。
でも、本気の恋をすると、本物の自分が表れてくる。
たとえ実らぬ恋であっても、
少しでも自分が解ったのならよしとしよう。
さらにもっといい恋をすればね、
その本物の自分が磨かれるの。

——異性に好意をもたれるための接し方というのはございますでしょうか。

異性にもてようという意識が滲むと嫌みになります。
楽しい人間関係を幅広く築きましょう。
その輪にあなたを好きになる異性も入ってきますよ。

悔いのない恋愛をしたいのなら
愛する側に回ろうね。
愛するほうが素晴らしいと思っていても
実際には愛されるほうを選ぶ人って多い。
愛してくれる人は限定されるから
愛される側にとっては妥協の恋愛になる。
愛する場合は誰をどう愛そうが自由だし、
たとえ実らぬ恋に終わっても悔いは残らないよ。

——恋人ってなんなんでしょう？

恋を受け入れてくれた人、
でも、けして思い通りにならない人です。
それゆえ恋している限り、
不安のつきまとうときめきを与えてくれるでしょう。

相思相愛の間柄になっても
思い通りにならないのが恋人。
そばにいないときはそのことで思い煩《わずら》い、
気が気でないもの。
思い通りになる恋人は
何かの下心を秘めていることが多い。
恋人が急に物分かりがよくなったら
愛が冷めてきた証拠で、
他に好きな人ができたかもしれない。

愛しあうという行為は
お互いの心を預けあうことである。
おそらくそれは
生まれてくる目的の大きな部分を占めている。
破局を迎えれば返された心に深い傷跡が残る。
それは新たな愛でも癒《い》えるが、
人生を展開させるバネにもなって
その人の可能性を大きく高めてくれる。
愛のない人生は砂漠を歩くのに等しい。

激しい恋をして解ることはね、
燃え盛る恋の炎の前では
理性は氷に過ぎないということと、
その炎は何の前触れもなく勝手に
すっと消えるということ。
でもね、理性をなげうち、
心変わりを怖れず誰かを好きになれる。
これほど生き生きできるときはないよ。

——今日うちに挨拶に来た駐車場の営業担当の方に一目惚れをしてしまいました。連絡を取るにはどうしたらよいでしょうか。

ならば現れそうなところに張り込みましょう。
一目惚れを地に着いた恋にするには
捜査員並みの地を這うような努力が必要です。

——魅力的な人間ってどんな人間なんだろう。
自信家？　優しい人？　いろんな意味で強い人？

その人にとって前もって予測ができず、
その人の心を捉えるオーラを放っている人です。
こういう人という決まりはありません。

――やきもちばっかりやいてしまいます。
どうしたらもっと落ち着けますか。

少し焼くのはいいでしょう。
香ばしい恋の匂いが周りも和ませます。
焼きすぎると苦々しい味になり、
周りにも不快な匂いを広げます。

恋の勝利者になりたいなら、
ライバルに勝とうと思わないでいいよ。
きみがライバルに劣っている部分をその人が見て、
自分が何とか支えてあげなければ、
という気にさせられるかどうかなの。
あとはその人をずっと好きでいられる、
と信じるだけでいいからね。

――愛と恋の違いは？

恋は今をときめくことです。
愛は同じ未来を見つめて
恋を未来仕様に変えていくことです。
こっちは壊れると辛いよ、
壊れた時点が結末の恋と違うから。

結婚には挫折があるけれど、
失恋は挫折じゃない。
もっと涙を流して悲しんだっていい。
きみがね、激しい恋で得たものは
そんなもんじゃおっつかないぐらい大きいんだから。
だから、けして挫折じゃないって。
そのことは、そうね、
少しの時間を置いたら解るからね。

――不倫や二股をどう思う?

そういう関係になる前は愚かに憧れ、
なってからは無責任に耽溺し、
終わってからは本気だったと美化しながらも
傷の深さに悔やみます。

それ程に好きなのならもう何も言わない。
でも、恋愛のために
他のすべてを犠牲にするというのはね、
ちっとも恋愛的でないよ。
恋愛なら仕事でも何でも
他のすべてを活き活き艶々《つやつや》と輝かせてくれる。
きみにはそれが感じられないから
言ったまでだけどね。

♡

愛を告白してね、
その証拠を見せて、と言う相手は
ハズレだと思っていい。
愛の告白には受け入れるか否かの選択しかない。
それが告白という大変誠実な行為に対し
充分誠実に応えることになる。
愛は告白すること自体が証拠で、
他に証拠を求める相手は
愛を何かに置き換え、それを得ようとしている。

星の数ほど異性遍歴をしてきた人に
愛を告白されたんじゃ、悩むよね。
でも、その告白が本気で、
貴方も好きだったら受け入れる選択もある。
そんなに遍歴してきたんじゃ、
きっとその人は本物の恋はまだしていない。
きみが本物の恋の初めての相手なら
いい伴侶になる可能性がある。
世の中そんなもんなの。

いくつか恋を重ねて
人間的に成長していくのもいいけど、
生涯一回きりの恋愛も凄く貴いよ。
相手のことをもっと深く知りたい
と互いに思い続け、
いつも新しい発見があって
汲めども尽きぬ状態なんだから。

恋でね、
相手を誰かに取られたの
誰かから取ったのってことはよくあるだろ。
これって人生や、
人間における優劣と関係ないことなんだ。
恋は熱病と同じで、
冷めればすべてはうたかたのごときもの。
だから、恨むこともなければ
傷つくこともないんだよ。

——三十五歳で初めて失恋しました。
大切な恋人を失い、この耐え難い苦しみをどうしたら
よいのでしょうか。

よかったじゃないですか。
五十で初の失恋は悲喜劇です。
その年だからまだ本当の恋を体験できる。
耐えるのは今日で終わり。
次が正念場です。

会う前のときめきこそなくなったが、
会うのが嫌ではない。
会えば楽しくないことはない。
こういう感じになったら別れの潮時。
相手もそうならサバサバした別れになる。
でも、会ったとき、
もっと長くいたいようなそぶりを見せるなら、
はっきり自分の気持ちを告げる。
でないと可哀相《かわいそう》だよ。

――元カレの突然の音信不通。

そこから未だに立ち直れない自分がいます。どうしたらよいですか？

どこか別の世界へ
神隠しにあったと思って諦めましょう。
もういいんじゃないですか、神隠し宣告を申請しても。
貴方の前には肥沃な前途が広がっています。

想いを寄せていたのに、
あなたのすべてが嫌いだって言われたんだ。
いいじゃないか。
好き嫌いはね、
関心があって初めて生まれる感情なの。
なければ、電柱が立ってるぐらいにしか思わないよ。
すべてが嫌い、は大いに関心があることなんだ。
だから、すべてが好き、と大化けもしやすいの。

――女性からの『しばらく距離をおきたい』っていうのはどうとらえたらいいのでしょうか？もう終わりってことなのでしょうか？

90パーセントは、もうお別れしましょう、です。
後の10パーセントは、自分の言い分を通すための駆け引きです。

失恋して解ることの一つは
いかに労力と時間を費やしてきたかということ。
でも、その労力と時間には換えられない
貴いことを学んだという思いが
新しい恋への憧れと期待になり、
素敵な相手との出会いにつながる。
失恋の痛手からなかなか抜けられない人は
そのことに気づかない場合が多い。

いい恋だったかどうかは別れてから解る。
その痛手が去ったあと、
心に残っている思いを未練というの。
いい恋だった場合はその未練も愛しくてね、
いつまでも取っておきたいと思うのに、
いつのまにか忘れちゃう。
未練に恨みがくっついてね、
忘れたいのにいつまでも忘れられない恋は
しないようにね。

仕事や遊びに没頭しても、
はっとわれに返って自分を抑えられるよね。
でも、恋は燃え上がればその赴《おもむ》くままで、
自分を抑えることはできないだろ。
それが抑えられるようになると、
二つの決断ができる。
一つは別れる、もう一つは結婚の決断なんだ。
だから、恋は身を焦《こ》がせるうちがすべてなの。

——先生にとって「結婚の決め手」とは、どのような事でしたか？

僕が一番嫌いなことでも
きみがしたんだったら嬉しいよ、
そういうことです。

結婚してもね、
それぞれの人生は別物なんだよ。
一つにすることはできないんだ。
ただ、それぞれの人生を乗せて
ともに目的地に向かう軌道を作ることはできる。
愛はね、その軌道作りに欠かせないものなの。

――婚活中ですが上手くいきません。
縁が無いのでしょうか……。

婚活に賞味期限はありません。
縁はね、すぐそばにきていてもそれと解らないの。
根気を捨てないで求めている人の前に
パッと現れるものです。

どうして自分には縁がないのか
などと焦んなくていい。
どこかに自分と結ばれる人がいる、と思ってごらん。
今は遠くにいるかもしれない。
でも、見えない糸で結ばれている。
その糸が長いだけなの。
長いほうが出会うまでいろいろと模索して学べる。
だから、出会ってからが充実して
ときめくものになるよ。

恋はね、幻想のボールを
キャッチボールしているのに似ている。
投げて返ってくる限り、
互いに幻想を見続けていられる。
ただ、そのときは見えないけどね、
そのボールには棘《とげ》があって
受けるたびに傷つくんだ。
ボールが返ってこなくなったとき初めて痛む。
その痛みがあるから甘美さを忘れられないんだよ。

4章

はたらく

人の役に立つ仕事につきたい
と思う人が増えてるね。
どんな仕事だって人の役に立たないものはないの。
でも、もっと絞って言えば、
自分は何に対して本気で泣けるかを考えてみようか。
その泣ける対象に
大いに尽くせる仕事を選べたら凄い。
素晴らしい出会いがあって
価値ある自分を見つけるよ。

――景樹さんにとって「仕事」とは何ですか？
教えてください、お願いします。

人って、みな最初は石ころだもの。
親が一生懸命磨いてくれる。
でも、社会に出てからはね、
人それぞれに何かで磨いていかなきゃなんない。
それが仕事なの。

今の仕事が好きな人はそれだけで幸せである。
休息のときも楽しくて仕方がない。
自分に不向きな仕事でも
きちっとやっている人は休息で安らぎを得ている。
働くことが嫌いで厭々《いやいや》やっている人は
休息時も気が重い表情をしている。
このタイプの人で打ち込んでいる趣味があれば
それが天職になるかもしれない。

目標への近道を見つけてね、
難路だけどあえて行く、のはいいよ。
でも、目標への道程が難路になってきたから
目標を変え、別の道を選ぶというのは感心しない。
それは志を捨てて節を曲げるというの。
すべては難路からなんだ。
それがない道は偽物と見ていいよ。

新入社員なんだからミスは仕方ないんだよ。
原因は解ったし学んだんだから、
もう気にするなよ。そうか、
学校で習ったことなのにミスして悔しいんだ。
それでいいんだよ。
習った知識はまだ生煮えなの。
今日のミスで焼いて明日初めて知恵になって
消化できるんだもの。

何かで目上の人と初めて会うとき、
あがることがある。
自分の欠点や、弱さを見抜かれまい、
とする意識が過剰になってる。
だから、長所や強さを前面に押し立て
欠点や、弱さを後ろへ置く。
でも、逆のほうがいい。
欠点や、弱さを先に悟らせてしまえば
もうあがることもない。
あとは買われるだけだもの。

経験豊かな人が
浅い人に遅れをとることがよくある。
豊かな人は蓄積した経験を辞書にして
必要に応じてひいていることが多い。
浅くてもチャレンジ精神旺盛な人は
少ない経験を素材にして知らないことを類推したり、
新しいものを創造する。
経験が浅いことを怖れてはならない。

就活がうまくいかないか。
でもね、世の中の何の役にも立っていない、
なんて思うのはやめようよ。
就活に行く途中でいつもすれ違う人達に
「いつも元気ですね」と声をかけるんだってね、
そのきみの言葉を聞いて元気を貰ってる人がいるんだ。
きみのその優しさは多くの人に伝わるからね。
もう少しの辛抱だよ。

いつまでにやってくれと仕事を頼まれて、
その通りにできなかった場合、言い訳は禁物ね。
報告のとき、やれただけのことを丁寧に説明する。
頼んだ人はどこに無理があったか、
この人はどの部分をきちんとやれたか
などを的確に把握する。
言い訳するとね、それが把握できないから
もう何も頼んでこないよ。

意に染まぬ仕事や事柄に
時間を使わざるを得ない人が、
よく時間をドブに捨てたと嘆く。ドブではなく
時間を有益なものに染め変える豊穣の川に託した
と思おうか。
託したのならその時間は
将来のどこかで必ず恵みとなって還《かえ》ってくる。
人生には何をやろうが無駄な時間はない
と信じようね。

——仕事を辞めて七ヶ月経ちました。

働くって難しいですね。

休み続けるのってもっと難しいですよ。

僕も会社勤めの経験があるから解るけど、
ミスした翌日は出社が辛いよね。
みんなが咎《とが》めるような視線を向けるようで。
でも、他人はそんなに気にしてないよ。
己心のね、もう一人の自分が咎めているだけなの。
だから、そいつに言ってやろう、
もう大丈夫なんだからね、って。

いつになっても芽が出ない、
なんて嘆かないでいいったら。
そこそこの芽を出した周りを見て
焦っているんだろうけど、
きみの本能が今は芽を出すな、
と命じているのかもしれない。
人によって時があるの。
地中でしっかり養分を蓄えておけば
時がきて芽を出した後は凄いよ。

職場で後々まで響く評価を得る人はね、
本人がそれと意識できずに試されたとき、
見所を出せる人なの。
上司や、先輩にその仕事の一部を任されるのは
代打の指名を受けたようなもの。
クリーンヒットを打てば言うことなし。
力一杯の空振りもいい。
どうせ代打だから、と無気力はずっと祟《たた》る。

いいアイデアはね、
温めていると瑕瑾《きず》が見えてくるの。
そこで瑕瑾をじっくり修正して取り掛かればいい。
すぐ取り掛かると、
見えない瑕瑾が因でこけることが多いんだ。
温めても瑕瑾が見えてこないのは
愚にもつかないアイデアだってことなの。

ブレないのもいいけれど、
誉められることばかりじゃない。
意識や、価値観の変化は
その人の成長の表れであることが多く、
その場合は毅然とブレたほうが清々しい。
ブレないと思われた人が
ただの石頭人間だったりする。

早い者勝ち、ということはね、
限られたパイの奪い合いにすぎないの。
つまり、パン食い競争のようなもので
奪って食べてしまえばそれでおしまいになる。
価値あることはパイを創り出すこと。
自分の志と能力を磨いていくことだから
自分のペースでじっくり究めていける。

まだ誰もやっていないぞ、
とわくわく始めたことが
すでに誰かがやっていると知ればがっかりする。
でも、やめないほうがいい。
やり通せばその人の持ち味のオリジナルに仕上がる。
すぐれたものであれば
先発の人のものより高い評価を得る。
人の成功を見て真似をする二番煎じと
そこが違うところである。

――リーダーとして、気を付けるべきことを教えてください。

自分の感情から発した指示は、
押しつけと受け取られます。
常にチームの中枢にいる自分をイメージすることです。
その立場から発せられた指示は、
チームに旺盛な活力をもたらすでしょう。

半分しか自分に責任がないのに
全責任を負う人は実は賢い。
なぜなら他人は
半分も責任があれば全責任があるように見るし、
それで責任逃れをすれば
強い不信のレッテルを貼る。
あえて全責任を負い収拾に当たれば、
力がつくうえに揺るぎない信頼を寄せられる。
責任逃れは愚か極まる行為である。

周りがみなライバルに見えるときはね、
被害者意識が旺盛になっている。
負けん気が裏目に出る。
みんなが応援してくれていると思えるときは
甘えが生じて渾身の力に欠ける。
ライバルが何人かいて応援してくれる者も何人かいる。
その他は成りゆきを見ている。
これが晴れ舞台につながるの。

何かがうまくいったときにね、
自分がうまくいった分だけ、
きっとどこかにうまくいかなかった人がいるんだ
と思ってみようか。
すると、傲慢にならないですむ。
人は傲慢になると、
自分の足元を見なくなるんだ。

三十年間無事故無違反の個人タクシーの運転手に、
みんながあなたのように運転がうまかったら有難いね、
と言ったら、
「自分は運転が下手なんですよ。だから、ずっと事故は起こすまい、とそれだけを心がけて運転を続けてきただけです」
実感がこもった言葉で、黙って頷《うなず》くしかなかった。

失敗したことがないという人を
何かのパートナーにするとまず失敗する。
失敗するようなことを何もしてこなかった人で、
殆《ほとん》ど怠け者である。
失敗の体験を語り、
それをどう克服したかが聞いていて納得できる人は
貴重なパートナーになり得る。

何もかもが裏目に出て腐ることがある。
こういうとき、他人はよくその人を見ている。
腐ってそのまま駄目になる人か、
それとも自分が試されるときがきたと
前を見つめ直す人か。
後者は上昇気流に乗っているときよりも
他人から評価される。

野球でもサッカーでも
追い込まれているときの選手って苦しそうだよね。
でも、それはね、
その状況から抜け出して
チームを勝利に導こうという生みの苦しみなの。
そこで諦めた表情をしている奴を
勝利の女神はまず捨てる。
これは人生の極意であり、非情な真理だよ。

波に乗っているときは
誰でもイケイケで押しまくろうとする。
周りもその人を神輿《みこし》にしてあやかろうとする。
でも、その人を真に思っている人は
担ぐ仲間には入らない。
勢いづいて進むことがもたらす変化に
どう対応するかを考えている。
問題は神輿にされた人が
この人の慧眼《けいがん》に気づくかどうかである。

結果を出したから誇らしいだろうね。
でも、他人は
自分よりちょっとでもいい結果を出した人間を
よく見ている。
誇らなくても解るのに誇るとね、
器量が小さい、と嘲笑される。
誇りは次にやろうとしている仕事に込める。
するとね、結果だけが誇らしく輝き、
きみ自身は謙虚に映るよ。

誰か背中を押してくれないかだなんて、
大甘えだよ。
何か心中に期するものがあって、
その気構えを全身から滲ませていたり、
すでに手探りしながら目指している人を見るとね、
ついそばへ行って背中を押したくなる。
まず始めることだよ。
茨《いばら》の道に入って必死に頑張っているときに、
背中は押されるもんなんだ。

一見、やる気満々の人は
バリバリ仕事をやって仕上げるのも早い。
でも、出来は穴が多い。
実はただの先走り人間で、
仕事を誰よりも早くゴールに達することだ
と勘違いしている。
マジにやる気のある人はゴールは見ない。
足元の仕事をきちっとやっていけば
自然にゴールに入ることを知っているからね。

次に打つ手がなかったら何もやらなくていいんだよ。
悩むことはないの。
後ろを向こう。
自分がやってきたことが解るだろ。
えっ、あのときあんなまずい手を打ったんだ、
とかが見えてきたらしめたもの。
前を向こう。
打つ手がちゃんと頭に浮かぶから。

5章 思いやる

人を思いやる気持ちはね、
理屈じゃ培われない。
凹《へこ》んでいるとき、人の心ない一言が
深く突き刺さるよね。
また、優しくさりげない言葉が心に染み渡る。
そういうときは飾りの言葉は通らない。
それが身に染みて解るとね、
人を思いやれるようになるの。

――人はひとりでは生きられないのでしょうか？

生きられませんよ。
Twitterやってる貴方も僕も
それを証明しています。

いくら素晴らしい個性を秘めていてもね、
磨かれ、光を当てられなければ輝かないだろ。
それをしてくれるのは他人なの。
人はみんな磨きあい、光を当てあっている。
他人と共に生きる、とはそういうことなんだ。

何人か友人がいてね、
一人いつも痛いところをついてくる人がいたら、
その友人を大事にしようね。
きみをよく観察して
きみに関して洞察力が優れているはずだから。
きみが大きな岐路に立たされたとき、
きっといちばん有益な助言をしてくれる。

――景樹先生、先生が一番大事にしているものって、
なんでしょう？

自分のものも含めて周りの人の心でしょうね。
常に大事にしているつもりでも逆撫でしてしまい、
その心を傷つけ自分の心も責めてしまいます。

支えるというのはね、
相手の懐《ふところ》深くに入ることなの。
外見だけでは見えなかったものが
嫌でもよく見える。
その人が隠していたかった負の部分も
はっきり解る。
そういうものも含めて好きになる。
でないと、本気で支えるなんてできないよ。

苦しみを与える人もいれば
その苦しみを癒してくれる人もいる。
でも、苦しみを与えた同じ人が
他では誰かの苦しみを癒していたりする。
人とはそういうもので、
誰もが他の人の表も裏も見通す
なんてことはできないの。
人はお互い様だって。
その人の一面だけ見て
信じたり疑ったりはよくないよ。

いいんだ、裏切られたって。
裏切るよりはるかにましだよ。
みんなね、良心を持って生まれてくるの。
裏切る度に、それは削られていくんだ。
でも、裏切られて良心が傷ついてもね、
やがて時がくれば癒えるだけで、
削られることはない。
一生で、この差は大きいよ。

——教えて下さい。「人望」とは何でしょうか？
人望のある人と無い人の違いはどこから出て来るのでしょう？

見えない所で
自分の利ではないことを黙々とやり抜く人。
意外と他人にはその人が見えるものです。
人望はそこから生まれます。

ちょっとしたことで疲れたときや、
気分が晴れないとき、
誰か友達から電話でもメールでもこないかな
と思うよね。
そういうとき、
こっちから先に連絡をとってみようよ。
向こうも同じ気持ちでいた場合が多くて喜ばれるし、
こっちも元気が出る。
ちょっとした一挙両得だよ。

嫌いな人間がいていいんだよ。
その感情を無理に抑えなくていい。
ただ、嫌いな理由が自分になくて
その人が優れて持っていることだったら
教えを乞おう。
きみが凄く成長できるかどうかの
分かれ目になるからね。

別れた恋人の不幸を祈る、
職場のライバルのミスを喜ぶ。
そういう自分の心を嫌いにならなくていいからね。
みんなそうなんだよ。
そういう気持ちは裏側でね、
元恋人の幸せを祈ったり、
ライバルのミスを許したりの気持ちと表裏一体なの。
いい体験を積みながら
一枚一枚表に返していけばいいからね。

——劣等感が強く苦しいです。仲の良い友達が、自分の欲しい部分を全部持ってる気がします。

隣の庭は大きく見えるものです。
劣等感はさらけ出してしまえば
ご愛敬か、逆手にとって強みにできます。
隠すから劣等感です。

友達はね、鏡のように自分を映してくれる。
それを見て自分を点検し、おかしなところを直せる。
友達が何人かいるとね、
それぞれが合わせ鏡となって
いろんな角度から自分を映してくれるの。
すると、自分の全体像を把握できる。
おかしなところはすぐ解るし、
安心して自分の人生を力強く歩けるよ。

言葉と服装は飾れる。
何かを主張している人の言葉を
耳と目だけで判断すると誤るかも。
その人の本心はその表情、仕種《しぐさ》、雰囲気に表れる。
初対面の人の人間性は
飾ることが難しいものを観察して
判断したほうがいい。

人を見抜く力があると自慢するけどね、
その人の欠けた部分を見抜けたって
そんなには誉められないよ。
その人が自分の欠けている部分を
どうしようとしているのか。
それを見抜けなきゃ、
適切なアドバイスはできないの。

今朝、納豆を食べていて、
多くの人がしがらみという粘った糸を
入り組んで引き合っている光景が浮かんだ。
箸で力を込めてかき混ぜても糸はなお粘る。
でも、一粒つまんでそっと引いていくと切れる。
これだな、しがらみから抜けるには
そっと離れて遠くへ行けばいいんだな、って思った。

これ、いいよ、と何かを薦めていて、
ハッと気づくことがある。
もしかしたら、腹が痛いという人に、
よく効くよ、と
頭痛薬を薦めているのではないか、と。
善意の押し付けほど厄介なものはない。

――景樹さんにとって、「孤独」って何ですか。

孤独のとき、友情や出会いについてよく考えます。
孤独のときに人は初めて
孤独では生きられないことを知るのでしょう。
孤独は認識のときです。

ちょっと辛いときに、
別に何も言わなかったのに、
また辛いこととは関係ないのに、
その人と会って話をするだけで癒される。
そういう人はね、
深く優しいから人の心の痛みを
自分の心の痛みとして感じとれるの。
こういう友がいるというだけで、
人徳なんだよ。

悲しい現実を前に泣いている人がいたら、
そばで黙って見守ってあげよう。
涙を流した分だけ現実を受け入れている。
泣き止んだときには現実をしっかり受け入れ、
立ち上がろうとする。
そのとき手を差し延べ、そっと背中を押してやる。
きっと、心に響く励ましになる。

——大切な人の死期が近付いていると分かっているのに何一つ心の準備ができません。どうしたら受け入れられると思いますか？

その方の立場になって
親しい人とどのように別れようとしているか、
に思いを馳せましょう。
自ずから答えが出ると思います。

何かで生きるのに苦しいときに、
産んでくれと頼みゃしなかったのに、
とふと親を恨む。
これでいいんだよ。
親を感謝する気持ちの第一歩で、
生きていてよかったと感じるときに、
産んでくれて有難うと心から思えるの。
仮にそのときもう親はいなくても
どっかで喜んでくれるよ。

――親子だったらいつかわかりあえると思いますか？

親子の間には
育った時代の差、価値観の差、立場の差などが
どっかり横たわっています。
解りあえるというより、
肉親愛により許しあえるということです。

きみにとっていちばん大事な人は
きみがそう意識していない。
ごく当たり前に身近にいて見守ってくれている。
きみはその人を見るだけで安心し
元気を出している。
それがはっきり解るのは
その人を失ってからだろうね。
そのとき、後悔しなくてもいい。
その人はきみがいるだけで嬉しかったんだから。

6章

自分

☆

今、大切にしているものはあるだろうか。
これから大切にしたいものはあるだろうか。
今はないけど、
大切にしたいものを見つけたいだろうか。
この三つの気持ちのうちの一つでもあれば
あなたは自分を大切にする人です。
自信を持っていいですよ。

みんなができて自分だけできなくても気にしない。
みんなができることなんて
たいしたことじゃないもの。
そんなのほっといていいから、
自分の中を見てごらん。
今は見えなくても、みんなはできなくて
きみならできるものが見えてくる。
周りを見ていると、
いつまで経ってもそれが見えないよ。

——自分を好きになるためには、どうすればいいんですか？

一生、自分とはつきあわなければならないからね。
自分を嫌いで通すのはしんどいよ。
自分のいいところを見つけてみようか。
貴方が目を向けないだけで必ずあるんだから。

☆

自信をなくしたと感じたとき、
多くの人は
すべてにわたって自信をなくした状態と思い込む。
実はね、
その人の総合力の一部で
自信をなくしたに過ぎないんだ。
気にしなければ総合力がカバーしてくれるの。
だから、自信はすぐ戻るんだ、と
どかっと構えていいんだ。

自分は世の中のためになっていないんじゃないか、
という考え方は駄目だよ。
謙虚にだよ、
自分がちゃんと生きるために世の中はあるんだ、
と考えたほうが正しいの。
今、役に立っていなくても、
そのために世の中はきみに投資しているんだから。

☆

――誰からも必要とされていないです。
辛くて消えちゃいたい毎日です。どうすれば前向きに
なれますか？

あなたを必要とする人は
今のあなたには見えないだけ。
ちゃんと待っているの。
あなたが前を向いて歩いてくるのをね。
だから、解るね。

五歳のとき耳を悪くして
音感が養えず音痴になった。
以来、それが引け目で
音楽の実技試験は欠席を続けたの。
大人になってカラオケが流行して
開き直って歌ったら、
お前にしか歌えないと大いにうけた。
そうか、内に隠しておくから劣等感で、
外にさらけ出せば個性になるんだと悟ったね。

実は欠点はね、
将来の長所がいっとき世を忍ぶ仮の姿なの。
だから、みんな本当の姿になろうと努力するだろ。
もしいつまでも仮の姿だったら
努力を怠ってきたんだよ。

☆

意志が弱いと自分で思うのは思い過ごしなんだ。
もともと意志は
心の中でふわふわ浮いているやつだから、
甘やかすとなおふわふわする。
目を閉じ深呼吸してから、
イメージの手でしっかりそいつを摑まえ、
強くなれと臍下《せいか》丹田《たんでん》のほうへギュッと押しつける。
しばらく習慣にすれば強くなってくれるよ。

周りがいくら認めてくれないからといって、
自分を否定しちゃ駄目だよ。
正念場じゃないか、
自分を認めてやらなかったら誰が認めてくれるんだ。
大木だってぽきりと折る嵐に
一本の葦《あし》が必死に耐えていることがある。
自分を認めて耐えてみようよ。

☆

——やる気ってどこからやる気といえるのか分からないのです。やる気が不安でかき消されてしまう、こんな状態のやる気はやる気と呼べないのでしょうか。

やる気は不安に勝ってこそ生まれるもので、
自信がついた状態。
それまではただの願望です。

三年前の自分が何をやっていたかを
振り返ってみよう。
恥ずかしいことや、愚かしいことをやってたんだ、
と思えればしっかり成長している。
恥ずかしいとか、愚かしいとかは
過去を見て思うことで、
やるべきことをひたむきにやっているときには
生まれない感情である。

——学校をさぼる癖がついてしまいました。
最近は、罪悪感すら感じなくなってきました……。
どうしたらいいですか……？

こういう相談をしてくる貴方には
しっかりと罪悪感があります。
脇に置いといた罪悪感をそろそろ正面に置き直そうね。
その潮時だよ。

反省と自分を責めることは別物だよ。
自分を責め続けるとね、
心は毒々しいストレスの巣になってしまう。
うまくいかなかったっていいじゃないか。
どこでボタンを掛け違えたかを確認してさ、
今度は大丈夫だよ、
あまり気にすんな、と自分の心をいたわってやる。
それが反省なんだよ。

悪習というのは
ただ断ち切ろうとしても簡単には断ち切れない。
悪習の中に良い習慣の種子を見つけ育んでいく。
例えば遅刻の悪習は
職場へ早く行っても楽しくない
という心理が働いている。だったら、
行けば楽しい職場に変えていくよう努力する。
まだ変わらないうちから
遅刻なんかしなくなってるよ。

☆

いちばん価値ある自覚はね、
自分がいかに弱いかを悟ることなんだ。
すると、開き直れて何でもこいと
懐を大きく広げられる。
そこへ強い人をどんどん入れてごらんよ。
いいものをいっぱい落としてくれる。
遠慮なく吸収していこう。
やがてとても強い人間になれるよ。

マイペースを、ただのスローペースとか、
楽なやり方だとか受け取ると誤るよ。
それじゃ他人にも自分にも遅れをとる。
自分で懸命に模索してね、
これなら息切れせずに目標に行きつける
という工夫が生まれて自信が湧く。
その自信からおのずと紡ぎ出されるペースを
マイペースと言うの。

一を聞いて十を知れる人より
百を聞いて一しか知れない人のほうが
実のある人生を歩む。
前者は才気煥発《さいきかんぱつ》ながら
自らその才に恃《たの》みがちで、
他人の言には殆ど耳を貸さない。
後者は自分の才のいたらなさを知り、
他人の教えには真摯に耳を傾ける。
歳月を経て体験と叡智を養い、
大きな信頼を得る。

いいんだよ、
悲しいときに笑ったり踊ったりしても。
喜怒哀楽はつながっているんだから。

7章　世の中

寒ければ暖を取ればいい。
心が寒々としているときは
心が暖かい人達に包まれれば
暖まって膨らんでくる。
だからね、心が暖かいときは
冷えきった人の心を包んであげる。
心のお互い様は人間として生きていくうえで
もっとも大事なことなんだよ。

果報は寝て待て、というけれど、
世知辛い今はね、待ってたってそんなものこない。
嗅覚をきかせてね、
待っていそうなところまで足を運ばなきゃいけない。
運んで、さらにこれがそうかと
見極める判断力も必要なの。
寝て待つ余裕はないけど、
目配りがものをいう世の中になったよ。

社会に出て何に目を向けていけばいいか、は
悪い質問じゃない。
でも、目が向いたものを
どう見るかのほうがずっと大事なんだ。
人でも物でもね、
見かけだけで解ったつもりになると誤るよ。
その見かけから目に映らないものを
読みとる判断力と想像力。
その二つを養えたら鬼に金棒だろうね。

いい情報はないかって言ってもね、
今はパーッと情報が流れると、
リアルタイムでみんながわっと群がる。
だから、駆けつけたってぺんぺん草も残ってないよ。
つまらん情報を当てにするより、
みんながあっちこっちへ駆けていって
空いたところで探してごらん。
掘り出し物が見つかるから。

欲しいモノを所有すれば心も潤う。
でも、それはいっときで、
すぐ渇いてまた欲する。
つまりは際限がないわけで
ほんとうに癒されることはないの。
モノは少し足りないな、ぐらいでちょうどよく、
その分、心はずっと持続して
癒されるものを素直に吸収できる。
それは形がないもので、人それぞれに違うのね。

世の中を舐《な》めている人は、
きっと他人のことも舐めている。
それだと世の中から受け入れられず
他人の信頼を得られず、
何をやっても中途半端に終わる。
本当は自分自身さえも舐めていたのに、
それに気づくこともなく末は悲憤慷慨《ひふんこうがい》するしかない。
生かされていると気づくと
ポジティブなものが見えてくるよ。

悪知恵や、策略を働かせる人は
その上をいく悪知恵や、
策略を弄《ろう》する人の術中に嵌《はま》りやすい。
ところが、誠実な行動をとる人の前では
どんな悪知恵や、策略も通用しない。
誠実な行動にはおのずと勝れた知恵や、
賢策がついて回るためである。

知識はね、
自分のためだけに活かすときは大変、
利己的なものになる。しばしば悪用もされる。
でも、他人のために使うときには
恵みをもたらす結果になる。
それが知恵ということだろうね。
知恵を自分の利だけに働かせると
悪知恵ということでね、
何よりも始末が悪いんだよ。

自分が関わっている世界を通して解る
時代の流れがある。
意識してその流れに置いた自分を見つめてみる。
それを習慣化することで
今の自分を客観視できる力と
時代の変化に対応する力が養われる。
現代は時代の流れが急なので、
自分の世界に安住すると気がついたら今、
浦島太郎状態になりがちである。

嘲笑や、失笑で報いられるアイデアはね、
多くの人が真理だと思い込んでいる既成の価値観
による対応なので怯《ひる》むことはないよ。
そういうアイデアがときに画期的な成功を導くし、
そこまでいかなくても
新しい価値観の萌芽の役を果たすことがある。
アイデアの生命は奔放に尽きるの。

窮地に立たされたとき、
人は潜在していた能力を発揮する。
周りは意表を突かれて動揺する。
窮鼠《きゅうそ》猫を噛む、という箴言《しんげん》はこのこと。
だからね、窮地に立たされることを怖れなくていい。
これって大事だよ。
もう一つ、人を窮地に立たせてはいけない。
思わぬ火傷を負うよ。

世の中全体が上向いているときは
うんと成功している人の真似をすれば
そこそこにはうまくいく。
でも、今は成功した人の例は
それで終わりと思わなきゃ駄目だろうね。
その人の話を聞いて
これからはここで失敗するだろう
というところをしっかり見つける。
そこでどうやるかを考える人が頭角を現すんだ。

人を信じるということは
その人の言うことを素直に信じ、
たとえ後でそれが誤りだと解っても
咎めず許すということなの。
もっと言えば、
その人の人間性のすべてを受け入れるということ。
人間関係が希薄になっている今は
人を信じることの重みがぐんと増している。

赤信号、みんなで渡れば怖くない、は
ギャグながら反意語的警句として見れば秀逸。
誰でも一人のときは素直で思慮があるのに、
集団になると調子づき勢いづいて
誤った方向へ走りだすことが往々にしてある。
そのとき、自分を取り戻し、
体を張って止められる人は
真の勇気の人である。

ここが耐え忍ぶときだと解る人は、
機を見るに敏な人が多いよ。
解らない人は徒労を続けて疲れ果て
肝心の機を見逃している。
耐え忍ぶというのはね、
逆境のときにはあがかず、
知識情報を吸収して余力を蓄え、
好機と見たら
すかさず飛びだせるバネを養うことなの。

幸せになろうと何かを目指し、
世間から賞賛される成功を収めるのも素晴らしい。
でも、日々の暮らしの中で思いがけなく出会った
人、物、事柄に心をときめかせ、
一瞬、幸せに浸るのもまた素晴らしい。
折々に生まれて行き過ぎる小さな幸せが
人生に潤いをもたらしてくれる。

――志茂田さんの座右の銘は何ですか？

「いまが出発点」です。

何かで失敗したときによく呟《つぶや》いています。

失敗した時点を出発点と考えると、落胆が少なく

自分のその呟きに背中を押されるんですね。

おわりに

初めまして、かもしれませんが、みなさん、こんにちは。

作家仲間の内藤みかさんの勧めで僕がTwitterのアカウントを開設したのは二〇一〇年四月二十八日のことでした。一四〇字以内という制約の中で当初は講演、読み聞かせイベントの案内や、そこでのエピソードを紹介していました。

そうしてTwitterのシステムに慣れた頃、作家的好奇心から一つの閃《ひらめ》きが生まれました。それは、先が見えづらく閉塞感が漂う今の世の中で、人々が誰にも言えず漠然と考えていることを掬《すく》いとれないかということでした。それは僕自身が漠然と考えていることを呟《つぶや》きとして発信することにより可能になるような気がしたのです。

呟きの向こうには大海が広がっている。目には見えないが、そこには無数のTwitter利用者がいる。共感を得られる呟きを発すれば次々に姿を現してくれるはずだ。そう信じてまず自分の人生の指針になりそうなこと、自分の仕事に役立ちそうな創意工夫のヒントを思いつくままに呟いてみました。

大海を波立てて次から次にフォロワーが現れました。共感、同感のリプライが文字通り殺到しました。Twitterの拡散力の凄さとその反響の速さに唖然《あぜん》としました。僕の呟きの範囲は広がり、自身の体験や、周りの人達の喜び、怒り、不安、悩みから材を取り、その解決につながるヒントを提示することが多くなりました。これでまたフォロワーが激増し、リプライに質問がついてくるようになりました。目に触れるままに答えているうちに、今度は質問がまるで駆け込むように増えてきました。

現在は毎日十数問から二十問ぐらいの質問に解答していますが、質問の数はその七、八倍はきているようです。質問者の年齢構成はその内容から判断する限り、約七割が中、高生を含む二十代以下で、残りが三十代以上というところでしょうか。

二十代以下では恋愛、進学、仕事の相談が大半で、夢が持ちづらい時代を反映して心のリズムを崩した人達からの相談が目立ちます。

仕事の悩みでは新入社員と就活中の学生からのものが半ばを超えています。この稿を書いている最中もスマホを開いたら、

「社会人一年生です。今の職場が辛いです」

という書き出しで始まる相談がきていました。

多様化が急な今は、学生から社会人への切り替えをして、仕事に面白さを感じるまで一年はかかるでしょう。この人の場合もあと少し頑張ればそれが解ると思います。ここでそっと背中を押すことができれば、乗り越えていく力が湧きます。

三十代以上では離婚を視野に置いた夫婦間の悩み、義父母との折り合い、子どものいじめ、不倫、職場の人間関係など息苦しい世相から立ち上るように多彩な相談が特徴となっています。

総合して女性からのものが七割以上に上るのは Twitter による相談は男性よりも女性のほうが向いているのかもしれません。また相談の文面から推察すると、現代人はあまり重く受けとらないですむちょっとした助言や、優しく包んで背中を押されるような励ましを求めています。

本書がその代役を十二分に果たし、癒し系のマスコットになってくれるよう願いつつ、ページを閉じさせて頂きます。

またお会いしましょう。

二〇一二年 盛夏

志茂田景樹

志茂田景樹　しもだ・かげき

一九四〇年三月二十五日、静岡県生まれ。本名・下田忠男。中央大学法学部を卒業後、弁護士事務所勤務などを経て、二十八歳で保険調査員の職に就く。調査で各地をたどるうち作家を志すようになり、雑誌記者に転身。フリーライターのかたわら文芸誌に作品を投稿した。

一九七六年、『やっとこ探偵』が第二十七回小説現代新人賞を受賞。本格的に小説家として活動をはじめる。翌年書き下ろし長篇『異端のファイル』を刊行、一躍流行作家となる。八〇年、四十歳の時に東北のマタギを描いた長篇『黄色い牙』を発表し、第八十三回直木賞を受賞。八四年には『汽笛一声』で文芸大賞を受賞。ミステリー、歴史、エッセイなど多彩な作品を発表していく。

八〇年代後半にはテレビ番組に出演し、芸能活動でも広く知られるようになる。独自のファッションセンスが話題を呼び、山本寛斎や鳥居ユキらのコレクションにも出演した。

一九九六年に文芸書レーベル「KIBA BOOK」を創立。また、児童への絵本の読み聞かせ運動を精力的におこなっており、『つきとはくちょうのこ』などの童話作品を発表。九九年八月に「よい子に読み聞かせ隊」を結成して以後、各地での講演は一五五〇回以上。毎月一度、「よい子に読み聞かせ隊ポプラワールド」を主宰している。

近著に専修大学の創立者を描いた歴史小説『蒼翼の獅子たち』（二〇〇八）、豊臣秀頼の遺児にまつわる壮大なロマンを題材にした『南海の首領クニマツ』（二〇一二）など。これまでに刊行した書籍は五〇〇点を超える。

二〇一〇年四月末、自身のTwitterアカウント（@kagekineko）を開設。社会問題から恋愛までさまざまな「人生相談」が寄せられ、回答するようになった。人生の苦楽を噛みしめる言葉の数々が共感を呼び、現在も多くの人々に愛読されている。座右の銘は、「いまが出発点」。

人って、みな最初は石ころだもの
2012年9月10日　第1刷発行

著者　志茂田景樹《しもだかげき》

ブックデザイン　横須賀 拓
写真　小林キユウ
画　大塚いちお

発行者　坂井宏先
編集　鎌田怜子
発行所　株式会社ポプラ社
〒160-8565　東京都新宿区大京町22-1
電話　03-3357-2212（営業）
03-3357-2305（編集）
0120-666-553（お客様相談室）
FAX　03-3359-2359（ご注文）
振替　00140-3-149271
一般書編集局ホームページ　http://www.poplarbeech.com/

組版　株式会社鷗来堂
印刷・製本　凸版印刷株式会社

N.D.C.917/174p/19cm/ISBN978-4-591-13082-7